Le pouvoir érotique de la dominatrice et le contrôle sexuel du soumis

Table des matières

Le pouvoir érotique de la dominatrice et le contrôle sexuel du soumis

Introduction

La sexualité de la Domina

Le rasage du soumis

La cage de chasteté

L'éjaculation

Masturbations

Sexe, humiliations et accessoires

Le sperme du soumis

Le Milking

Le Tease and Denial (Excité et Frustré)

Le shoe job et le foot job

Le cocufiage

Le cocufiage virtuel (ou fictif)

Le cocufiage réel

L'après consentement et la transformation du soumis

Les niveaux de progression

Introduction

Il ne faut pas y aller par quatre chemins, en complément de la domination psychologique, le contrôle sexuel est la base d'une relation durable pour le bonheur de votre couple ou de votre partenaire.

Plus ce contrôle sera exercé intelligemment et plus la progression du soumis et de la dominatrice seront flagrants et vous permettront d'aller plus loin ensemble, ce contrôle efficace passe par plusieurs étapes clés du contrôle sexuel que vous pourrez tester en partie ou en totalité grâce aux 10 niveaux et 10 propositions d'ordres, tâches ou activités à tester dans chaque niveau.

Il faut comprendre que le contrôle sexuel, ce n'est pas punir au sens négatif du terme votre soumis. S'il a accepté d'intégrer la domination féminine avec vous comme mode de vie, c'est pour se soumettre à vos désirs et caprices et profiter aussi de sa femme dans une dimension beaucoup plus érotisée.

Il faut savoir qu'un soumis prendra à terme (j'estime à partir du niveau 4 ou 5) un plaisir supérieur au sexe dans sa version classique, dans toutes les phases de votre domination, quand il prend soin de vous, vous sert, quand vous lui donnez des ordres, quand vous l'utilisez sexuellement, quand il lèche vos pieds ou vos chaussures, fait le ménage ou tout autre exigence de votre part, vous verrez de vous-même son niveau d'excitation évolué dans toutes ses phases à mesure que votre autorité grandira et que son plaisir n'aura plus besoin d'être sexuel au sens de l'éjaculation.

C'est un plaisir cérébral bien plus puissant qui l'envahira constamment.

Le plaisir au masculin ne se résume donc pas à l'acte d'éjaculation, sauf dans le cadre d'hommes que j'appelle à pulsions mécaniques comme évoqué dans le tome 1.

Bien au contraire, cet acte décharge au sens propre et figuré toute l'excitation accumulée, il faut alors que vous le remettiez dans un nouvel "état second" de soumission, un ressenti dans lequel le soumis se sent parfaitement bien car n'oublions pas que la richesse des activités de D/S (Domination/Soumission) tient au fait qu'ils sont très puissants au niveau de la psychologie et du cérébral.

Retenez que c'est avant tout le pouvoir sexuel, érotique et psychologique d'une dominatrice sur son soumis qui feront d'elle une grande Domina.

J'ai longuement étudié la psychologie et les activités associés à une relation D/S au quotidien afin d'apprendre tout ce que je pourrais en retirer pour notre couple et mon plaisir personnel.

Ayant appris très vite que son contrôle sexuel et ma liberté sexuelle seraient la clé de voute pour pénétrer dans ce monde, à l'occasion de notre séjour de démarrage de la relation D/S (voir tome 2 démarrer sa relation D/S) en tête à tête, je lui ai dit que j'avais beaucoup réfléchi à la question d'un mode de vie sous l'égide de la domination féminine, que je mettais former et documenter pendant ces derniers mois sur le sujet et je lui ai dit que ce mode de vie D/S n'avait pas de sens, pas d'intérêt s'il ne s'inscrivait pas dans une relation permanente de pouvoir.

La soumission de votre mari doit se matérialiser mécaniquement par un grand lâcher prise et en toute confiance pour qu'il accepte tout ce que lui ordonne sa Maîtresse.

De nombreux "hommes de pouvoir" dans le quotidien, notamment au travail, trouvent également dans la relation D/S, un véritable exutoire à la pression et aux responsabilités qu'il ont tous les jours par cet abandon total à leur Maîtresse.

Mes changements de comportement et ceux de mon soumis ont beaucoup changé jusqu'au niveau 5, niveau où vous atteindrez quel que soit la thématique (punitions, psycho, sexe etc) un point culminant dans vos rôles respectifs vous permettant de franchir plus facilement les niveaux supérieurs car vous aurez déjà expérimenter, réaliser de nombreuses prouesses, dépasser vos capacités et repousser vos limites à tous les deux.

A mi-chemin dans la hiérarchie des niveaux, je considère que vous saurez être une Dominante sévère et égoïste pour vous faire obéir au doigt et à l'œil et que votre mari relèvera la plupart des défis auxquels vous l'exposez quel que soit leur difficulté, c'est réellement selon moi après cet apprentissage par étape jusqu'au niveau 5 que les choses deviennent intéressantes et que l'on peut parler d'entente et complicité au plus haut niveau entre la Maîtresse et son soumis.

La sexualité de la Domina

Il y a tant de pression et de tabou sur tout ce qui concerne la sexualité, qu'elle est une arme redoutable dans l'éducation de votre soumis et vous devez en profiter pour vous en servir.

Votre sexualité n'a pas de limites et nous le verrons, quand dans le même temps, la sienne est soumise à votre bon vouloir.

Il faudra être clair avec lui sur les rôles attendus de chacun en matière de sexualité car c'est elle qui influencera encore plus son état psychologique et vous permettra d'aller loin.

La règle à instaurer comme évoqué dans le tome 1 sur les impacts psychologiques les plus forts sur votre soumis, même s'il est possible qu'il résiste ou refuse temporairement, est qu'il accepte qu'une Domina a des besoins sexuels importants et par conséquent qu'elle se doit de disposer d'une liberté sexuelle totale.

A contrario, un soumis a besoin pour évoluer d'une Maîtresse qui régule sa sexualité afin de faire de lui un être meilleur.

Vous avez la chance de disposer d'un soumis qui se transformera pour votre plus grand plaisir et le sien en un véritable "esclave sexuel", disponible à tout instant, à la demande, alors user du sexe oral matin et soir si comme moi vous l'appréciez, quoi de plus agréable pour s'endormir et se réveiller ?

Si vous êtes plutôt pénétration, alors, jouer de son sexe, qu'il vous donne de multiples orgasmes et se retire plein de désir pour la journée et les jours suivants quand vous lui direz de sortir sans éjaculer...

Rien n'est plus fort en matière de désir et soumission sexuelle qu'une Domina qui autorise son soumis à la pénétrer sans le laisser éjaculer.

Si la sodomie, la fellation ou des positions comme la levrette sont des pratiques qui vous procurent du plaisir n'y voyaient aucunement un acte de soumission, c'est vous qui décider et vous avez tout loisir d'exiger cela, interdisez-lui tout simplement de ne pas éjaculer pour éviter qu'il ne s'emballe ou que l'égo du mâle réapparaisse.

Enfin, si vous voulez lui laisser l'initiative de vous soumettre de temps en temps à lui, rien ne s'y oppose, c'est un ordre que vous lui donnez, et il faudra juste prendre soin à la suite de vos galipettes de le ramener sur terre et le remettre à sa place naturelle de soumis de sa femme.

Une maîtresse est par définition inaccessible sexuellement pour son soumis, les rapports qu'elle souhaite avoir sont donc des rapports intéressés pendant lesquelles elle utilise son esclave, rappelez-lui régulièrement en lui interdisant toute éjaculation qui nuirait à son dressage.

Avoir un mari sexuellement disponible, que pour vous, et à tout moment, est magique pour tester et vivre tous vos fantasmes ou envies.

Apprenez-lui comment vous voulez qu'il vous fasse jouir, entrainez-le et dressez-le à toutes formes de plaisir et de caprices, comment il doit vous lécher, sucer, où, selon quel rythme, à quelle fréquence, jusqu'à en faire votre parfait amant.

Cette sexualité très stricte à son égard vous garantira un mari soumis vous aimant éternellement et brûlant de désir pour sa femme.

Le rasage du soumis

Les poils, vieux stéréotypes de l'homme avec un "H" ont encore cette image vieillotte, même si aujourd'hui, on voit la plupart des mannequins masculins ou acteurs porno relativement rasés.

Par conséquent, le rasage est plutôt considéré dans les jeux D/S comme un acte de soumission qui consiste à ordonner au soumis de se présenter totalement nu et débarrassé de ses poils à sa Maîtresse.

La majorité des dominatrices limite le rasage complet au sexe du soumis, ce qui leur procure l'opportunité de lui ordonner un rituel supplémentaire qui consiste à entretenir ce "toilettage" ou comme nous le verrons dans les jeux d'humiliation sexuels, de disposer d'une surface pour écrire des messages juste au-dessus de son sexe.

D'autres dominas s'occupent elles-mêmes de ce rasage auquel elle rajoute également le rasage de son cul.

Enfin, une dernière catégorie va jusqu'à l'épilation intégrale du soumis notamment quand elles souhaitent jouer à des jeux d'humiliation de type travestissement du soumis. Dans mon cas, je limite le rasage à son rasage complet du sexe.

La cage de chasteté

Question récurrente chez les dominatrices débutantes, des livres entiers ont été écrits sur le sujet ou même des méthodes complètes se basent essentiellement sur cet accessoire pour créer une relation D/S, doit-on ou non imposer le port de la cage de chasteté ?

Vous trouverez des tas de modèles sur internet, dans les boutiques érotiques ou sur des sites marchands, je vous encourage à examiner les différents modèles, beaucoup de sites ou commentaires sont faciles à trouver sur internet.

Leur coût varie de 20 € à plusieurs centaines, à vous de tester.

Attention certains sont métalliques, d'autres non, et le passage à l'aéroport peut être inconfortable pour le soumis, certains constructeurs ont remédié à cela en remplaçant le cadenas métallique par un autre en plastique, les fabricants redoutent d'ingéniosité et vous trouverez également des cadenas numérotés si vous disposez un jour d'un cheptel d'esclaves à vos pieds.

Les avantages qui militent en faveur de la cage de chasteté :

- Elle ne permet pas l'érection,

- Elle empêche toute masturbation du soumis,

- Elle interdit l'éjaculation, du moins un certain temps, car en cas de port prolongé, des éjaculations nocturnes notamment peuvent survenir mais sans orgasme,

- Son port est humiliant, d'autant plus quand la Maîtresse peut porter la clé du cadenas autour de son cou ou à sa cheville,

- Elle empêche toute infidélité.

Au début, sachez que c'est très inconfortable pour le soumis, son sexe désireux de se mettre à l'état d'érection et ne pouvant pas le faire, le sommeil du soumis sera perturbé puis à un moment donné, le soumis comme son sexe s'habitueront.

C'est un instrument très intéressant sur le plan psychologique qui lui rappelle sa condition, lui interdit toute possibilité de masturbation isolée et tentante.

Concernant la durée de port de la ceinture de chasteté, il n'y a pas d'enquête officielle sur la durée conseillée et les avis divergent aussi sur le plan médical.

Des Dominas encagent leur soumis H24 et 365/365 et purgent (c'est le terme humiliant couramment utilisé) leurs soumis de temps en temps en quelques secondes ou minutes.

Concernant les Dominas qui interdisent totalement les rapports sexuels avec pénétration à leurs soumis, elles choisissent une sexualité pour elle plutôt basée sur les caresses, sexualité orale, utilisation d'accessoires ou avec des amants.

Il s'agit dans ce cas de positionner votre sexe comme un objet de culte qu'il vénère sans jamais pouvoir y pénétrer.

D'un point de vue physiologique, il est apparemment constaté que le sexe de l'homme se rétracte d'environ deux centimètres après le port ininterrompu de la cage pendant deux mois et jusqu'à 14 cm au bout de deux ans.

Dans ce cas précis, il est recherché l'humiliation du soumis par la taille de son sexe et son inaptitude à pouvoir satisfaire sa Maîtresse au bout d'un certain temps.

D'autres dominatrices leur font un milking, technique que je développe plus bas qui permet de faire éjaculer et vider un soumis sans que cela ne lui procure d'orgasme.

Concernant mon avis et pratique personnelle, mon mari ne porte pas de cage de chasteté au quotidien car je n'utilise pas cet accessoire dans l'optique d'une domination sexuelle mais pour des punitions.

J'ai une totale confiance en mon mari et je sais qu'il se confessera en cas d'éjaculation non autorisée, il sait aussi qu'il sera puni sévèrement pour cet acte, c'est seulement vrai dans les premiers niveaux de votre évolution, ensuite il parvient à un contrôle total à mesure de votre emprise psychologique, accompagnée de quelques punitions physiques dures dans un but éducatif et de pure dissuasion.

La simple vue de mes fouets l'encourage à ne pas recommencer.

L'autre raison est que j'aime qu'il soit en érection en pensant à moi, je sais qu'il se caresse, mais ça ne me pose aucun problème dès lors qu'il ne va pas au bout, il entretient de lui-même sa descente dans une soumission de plus en plus forte en faisant monter le désir sans aller jusqu'à l'éjaculation.

Côté infidélité, je ne risque rien sans cage sur ce plan grâce à une petite technique, mon mari ayant toujours son sexe totalement rasé, comme déjà évoqué dans un autre tome, j'en profite pour écrire des messages avec un feutre "spécial peau" juste au-dessus de son sexe qu'il ne partagerait avec personne.

Parfois cependant, pour une punition, je peux cependant lui faire porter toute une semaine ou tout un mois sans qu'il puisse la retirer, c'est en fait un accessoire qui le dissuade plus qu'autre chose et la menace de son port suffit très souvent.

En conclusion, sans hésiter, optez pour la cage de chasteté dans les cas suivants :

- Vous avez des doutes sur sa fidélité en général ou sa potentielle infidélité du fait du régime sexuel drastique auquel il est soumis,

- Vous ne lui faites pas confiance pour avouer ses fautes,

- Vous souhaitez qu'il ne se touche pas du tout,

- Vous pensez que vous n'arriverez pas à le soumettre avec différentes techniques et vous souhaitez au moins pendant un certain temps vous faire aider par cet accessoire.

Dans tous les autres cas, à vous de choisir, mais sachez qu'un homme vidé se repère à des kilomètres, s'il traîne des pieds ou n'a pas les comportements d'usage à votre égard, la branlette interdite dissimulée à sa Maîtresse n'est sûrement pas loin...

L'éjaculation

Bête noire de toute Maîtresse, elle réveille l'égo masculin mis en sommeil chez votre mari, puis le rend moins soumis pendant plusieurs jours.

Vous devrez donc limiter au maximum cet acte, sous forme de récompense idéalement, et surtout l'autoriser de préférence à éjaculer en se masturbant plutôt qu'en le laissant se vider en vous.

Vous appuierez cette décision avec pour argument qu'un soumis ne peut pas salir et souiller sa Maîtresse, sauf à ce qu'il soit capable de vous nettoyer immédiatement pour ravaler son plaisir.

Ne croyez pas qu'au début de dressage, un homme que vous frustrez pendant deux semaines par exemple, réussira à chaque fois à lutter contre une éjaculation, il aura des ratés, vous le punirez pour cela et petit à petit il sera en mesure de se réguler pour des éjaculations de plus en plus rares, vous conférant ainsi les pleins pouvoirs et un soumis obéissant.

Si vous respectez bien certaines de mes pratiques, je vous garantis qu'il n'aura plus besoin d'éjaculer en quelques mois, (à mi-chemin dans les niveaux souvent) et vous userez de ce droit à éjaculer comme principal acte de récompense sans impact sur sa soumission et à condition que l'éjaculation soit autorisée dans un protocole précis.

Cette règle révèle de multiples vertus. Tout d'abord, il se contrôle, votre plaisir s'en trouve décuplé et l'acte durable.

L'éjaculation est un acte dégradant dans les esprits des hommes, combien de blagues salaces sur les femmes autour du sperme, "c'est une salope, elle avale ..." etc... Son naturel de mâle reviendra donc mécaniquement au galop s'il est autorisé à éjaculer en vous.

C'est aussi psychologiquement certainement une des règles les plus importantes car vous devenez inaccessible pour lui, et dans son esprit vous l'utilisez sexuellement comme un simple gode humain.

Dans mon couple, depuis environ dix ans, mon mari n'a le droit d'éjaculer en moi que six fois dans l'année pour des occasions bien précises en rapport avec ma domination, comme le jour de signature de notre contrat de D/S, le premier jour où je l'ai fait cocu (même si c'était virtuellement), le jour où il m'a acheté mes bottes préférées, mes plus chers dessous féminins, etc.

Il a la charge de suivre ces dates et de me les rappeler, ce qui rend ces jours, les jours les plus importants de sa vie et des dates auxquelles il pense en permanence, dans l'attente du grand jour.

Et si j'ai mes règles le jour J, n'aimant pas faire l'amour dans ces conditions, alors s'il n'a pas de chance, il peut passer son tour et attendre la prochaine date.

Contrôler les orgasmes par l'éjaculation de votre mari apporte énormément de bénéfices au couple. Sachez qu'il est une idée répandue et fausse que les hommes (sauf certains comme évoqués à pulsions sexuelles mécaniques) prennent du plaisir en éjaculant.

C'est simplement un moyen parmi tant d'autres, et les hommes qui sont soumis par nature ou peuvent apprendre par le lâcher prise à le devenir prendront bien plus de plaisir dans le désir de leur Maîtresse et le plaisir qu'elle prend.

Si vous les amenez dans votre "cercle intime" ou sous espace, zone euphorique d'excitation comme expliqué dans les tomes précédents, alors rien au monde ne lui fera vouloir sortir de cette très intense excitation et il n'attendra que de retrouver ce désir intense pour y retourner.

Autre avantage, après plusieurs jours ou semaines sans éjaculation, le soumis aura des orgasmes bien plus forts et puissants, même avec une branlette de quelques minutes.

Un soumis sous l'emprise sexuelle de sa Maîtresse est excité et pense à elle sans cesse, il se créé un désir permanent de sa Maîtresse dans son cerveau, il sait qu'elle est l'autorité pouvant lui autoriser de se masturber et dans l'attente perpétuelle d'un geste ou d'une parole en ce sens, il la servira de tout son cœur et avec le plus grand dévouement.

Parfois, il n'arrivera pas à se contrôler et se masturbera jusqu'au bout, vous devez être certaine qu'il ne vous ment pas et qu'il confesse ses erreurs.

Très vite même, vous verrez qu'il culpabilisera de ne pas vous avoir obéi et redoublera d'effort la prochaine fois. Vous devrez tout de même systématiquement le punir en cas de faute pour qu'il s'améliore.

Quand vous l'autorisez à vous faire l'amour, vous aurez un homme très attentif à vos besoins et vos réactions, il se concentrera sur votre plaisir et prendra son plaisir à vous aimer, à profiter de ces instants de bonheur inespérés pour lui, ne vous sentez donc pas obliger de le laisser éjaculer, vous pénétrer est déjà le paradis à ses yeux.

De temps à autre, je me montre très garce, je le chevauche, dos à lui et il ne doit rien faire, je reste ainsi sans bouger quelques minutes pour qu'il se rappelle et apprécie ce merveilleux endroit où il se trouve, en lui glissant : « imagine ce que j'autorise ici à mes amants » puis je me retire et lui demande de me lécher, sa soumission est alors d'une grande intensité.

Tout comme la masturbation qu'il n'arrive plus à contrôler parfois, il se peut qu'il éjacule en vous, c'est évidemment un acte répréhensible au plus haut point surtout s'il n'y a pas été autorisé.

Pour ma part, après le niveau 5, l'éjaculation en moi n'est devenue possible comme je vous l'ai dit qu'à date précise, de façon que ces six jours dans l'année soient en permanence dans son esprit et qu'il soit dans l'attente de cet événement comme s'ils étaient les six jours les plus importants de sa vie.

Quel que soit le nombre d'autorisations que vous lui accorderez qui peut être aussi dégressif avec le temps et son évolution dans les niveaux, cela sous-entend, qu'il soit capable de vous nettoyer immédiatement après, ou que vous vous positionniez au-dessus de sa bouche pour vous vider dans sa bouche, qu'il ravale son plaisir est une condition sine qua none pour ne pas réveiller son égo de mâle.

Ces deux humiliations sont difficiles à obtenir car il a joui et réveillé son égo, je vous conseille de l'habituer à cet acte avec les jeux d'humiliation avec son sperme exposés plus bas dans le livre durant des périodes d'excitation ou de frustration, ce sera plus facile ensuite.

Ne culpabilisez donc surtout pas avec la frustration indispensable dans laquelle vous allez plonger votre soumis, le désir et le plaisir cérébral qu'il prendra supplanteront toute éjaculation qui quand on y pense ne dure que quelques secondes.

Vers les niveaux 5, lécher vos pieds, vos chaussures ou pouvoir vous aider à vous habiller sexy seront des actes assimilés par son cerveau à davantage de plaisir qu'une éjaculation.

Croyez-moi, au fil de votre évolution, il y aura mille autres moyens de lui donner du plaisir et en guise d'orgasme, il vous suffira même bientôt de tendre votre pied vers lui pour qu'il soit comblé de tant de gratitude.

Masturbations

Pour ma part, j'estime qu'un soumis doit être purgé, vidé ou vidangé occasionnellement selon les expressions consacrées, on parle aussi souvent de traite. Je livre ici plusieurs techniques et jeux utilisés par des Dominas ainsi que la mienne, ma préférée du moment en tout cas.

Sachez qu'un homme supporte difficilement et peut rarement se vider plus de 4 à 5 fois par jour.

Un jeu rigolo pour le punir et lui donner envie de ne plus se masturber est de lui demander par exemple d'éjaculer pendant un weekend, 10, 15 ou 20 fois par exemple et de sanctionner toutes les fois où il n'y arrivera pas par des semaines de frustration, par une amende financière ou tout autre idée.

Profitez toujours de ces éjaculations pour remplir des pots de sa "matière" (son sperme) pour des utilisations ultérieures dans différents jeux que nous verrons plus loin.

La masturbation en tant que telle ne pose aucun problème pour moi, au contraire, elle développe son désir et ses envies de moi, c'est l'éjaculation qui reste problématique, elle lui procure quelques secondes de plaisir contre des semaines de désir, pour beaucoup d'entre nous et pour de nombreux soumis à un certain niveau, l'éjaculation signe même la fin d'une période euphorique de désir et plaisir.

Cette purge ou vidange comme j'aime l'appeler, doit justement être présentée au soumis comme telle, juste pour vérifier que la mécanique marche bien, ce n'est donc pas une faveur, un cadeau, mais un acte anodin, un non-événement et qui doit se dérouler rapidement.

Comme vous le verrez dans les autres règles, vous pouvez aussi utiliser d'autres techniques qui permettent de vider un soumis sans qu'il éprouve un quelconque plaisir.

Pour qu'une masturbation suivie d'une éjaculation ne perturbe pas ou très peu de temps sa soumission et son dressage, il faut respecter les règles suivantes, l'éjaculation en vous, pour rappel, doit être dès que possible limitée ou autorisée uniquement s'il est capable de ravaler son plaisir et la masturbation doit être rare et par session de très courte durée, vous l'entraînerez à pour cela à des masturbations ultra rapides.

D'un soumis à l'autre, d'une période de frustration plus ou moins longue à l'autre, le temps nécessaire à un soumis pour se masturber et éjaculer peut varier de manière très importante.

Il va donc falloir le dresser en ce sens dans un premier temps, une Maîtresse n'a pas de temps à perdre avec ceci et elle a d'autres choses bien plus importantes à faire.

Je vous livre une première technique à mettre en œuvre qui consiste à réduire le délai de masturbation/éjaculation :

- La masturbation se fait toujours devant vous pour favoriser l'humiliation, n'hésitez pas à le titiller ou l'humilier par diverses techniques, j'adore personnellement lui faire regarder sans jamais quitter des yeux mes pieds et mes escarpins, les faire tournoyer devant lui, de lui demander d'essayer de les lécher, d'enfoncer mon pied ou escarpin dans sa bouche, de lui rappeler de profiter de cet instant car il n'aura rien d'autre, etc. Une autre solution consiste à l'envoyer remplir son pot à sperme en un temps limité hors de votre vue avec un accessoire ou une photo de vous.

- Le traitement de choc que j'évoque nécessitera qu'il se branle 3 fois par jour, en réduisant le nombre de minutes à chaque fois, admettons qu'il peut éjaculer aujourd'hui en moyenne en 45 mn chrono, le programme en 10 jours sera le suivant, pas forcément à faire consécutivement, essayer de faire des sessions de 3 jours par semaine pleine plutôt que des séries d'un jour isolé ici là :

    - Le jour 1, à la 3ème masturbation, il devra jouir en 30 mn,
    - Le jour 2, il aura pour objectif de refaire 30 mn à la première et 25 mn à la 3ème,
    - Le jour 3, 25 mn à la première et 20 mn à la 3ème,
    - Le jour 4, 20 mn à la première et 15 mn à la 3ème,
    - Le jour 5, 15 mn à la première et 10 mn à la 3ème,
    - Le jour 6, 10 mn à la première et 8 mn à la 3ème,
    - Le jour 7, 8 mn à la première et 6 mn à la 3ème,
    - Le jour 8, 6 mn à la première et 5 mn à la 3ème,
    - Le jour 9, 5 mn à la première et 4 mn à la 3ème,
    - Le jour 10, 4 mn à la première et 3 mn à la 3ème

Si vous parvenez à atteindre une éjaculation en -10 mn, ce sera une belle performance.

Sachez que vous pouvez poursuivre pour des soumis motivés et performants au-delà du jour 10, c'est un signe d'un futur soumis à haut potentiel et qui a déposé totalement sa sexualité à vos pieds :

- Jour 11, 3 mn à la première à 2 mn à la 3ème,
- Jour 12, 2 mn à la première et 1 mn à la 3ème,
- Enfin jour 13, vous avez un soumis qui éjacule à la demande en moins d'une minute.

Pour rappel, la substance qui sort de votre soumis doit toujours être conservée dans des pots au frigo pour reconstituer vos stocks pour vos jeux d'humiliation, pas de gâchis.

Lorsque vous aurez réussi à déterminer le temps qu'il est capable de reproduire quasi à chaque fois, vous pourrez déterminer ses droits à éjaculation.

Il peut s'agir par exemple de x branlettes par mois, à des jours bien déterminés et dans le temps limité qu'il aura réussi à obtenir, ce peut être un nombre de fois que vous lui autorisez dans le mois, etc.

Tout est permis et il est important sur le plan psychologique qu'il sache ce à quoi il a le droit en matière d'éjaculation en vous et sous forme de masturbation.

Vous aurez également loisir de diminuer pour punition ou augmenter de quelques bonus en guise de récompense.

J'ai pour ma part, choisis une solution intermédiaire intéressante et facile à gérer et mesurer dont je vous livre le secret.

Mon mari est capable d'éjaculer en 2 mn maximum voire souvent en moins d'une minute, j'ai donc décider de lui accorder un temps de masturbation avec éjaculation chaque 1er du mois.

Pour cela, j'utilise et je réinitialise le minuteur de mon téléphone à 10 mn le 1er jour du mois et je lui indique quand il peut se masturber (toujours en ma présence) et je déclenche le compte à rebours, plus il ira vite pour éjaculer et plus il bénéficiera d'autres branlettes, à contrario, un manque de motivation qui l'amène à 10 mn en une fois ne lui autorise plus rien jusqu'au mois suivant.

J'ai ensuite ajouté un système de bonus/malus, pour le récompenser ou le punir, pour une punition, je déclenche alors le minuteur sans qu'il ne fasse rien d'autre que regarder les secondes et minutes de plaisir qui s'écoulent et qu'il perd jusqu'à ce que j'arrête le chrono ou alors je le récompense avec parcimonie en lui donnant jusqu'à deux minutes supplémentaires maximum de temps qui seront consommés à la fin de ses 10 mn lorsqu'il a été très efficace dans l'exécution d'un ordre, il s'agit d'une sur performance rare à récompenser et non d'une récompense parce qu'il a simplement fait son travail correctement.

Dernier usage que j'apprécie particulièrement, parce que je suis une Femme généreuse et indulgente, je lui permets d'acheter des minutes sous forme d'euros sonnants et trébuchants au tarif de 10€ la minute supplémentaire et dans la limite de 5 minutes dans le mois.

Pour terminer ce chapitre, n'oubliez pas d'utiliser les techniques acquises dans le tome 1 sur la psychologie de la relation D/S à propos de l'immersion ou du conditionnement pour profiter lors de cet acte inutile de masturbation d'une occasion de rituel et d'apprentissage pendant qu'il se branle en regardant des vidéos, photos mettant en scène les thématiques qui vous intéressent ou des vidéos dites d'hypnose (« femdom hypnosis) »).

Libre à vous également de vous faire prendre en photos, photos sexy de vos tenues, de votre sexe, de vos jambes, pieds, etc et de lui demander de créer un diaporama enchainant ces photos de vous qu'il devra regarder à la demande pendant qu'il se masturbe ou tout au long de la journée, dans les transports, au travail...

Sexe, humiliations et accessoires

Comme toutes les activités de D/S, le sexe n'échappe pas à la possibilité de développer votre puissance en utilisant quantité de jeux d'humiliation verbales ou d'utiliser les mots qui porteront, je vous invite à consulter le "tome 5 - Jeux d'humiliation, punitions et récompenses" pour encore plus d'idées car le sexe a cet avantage de toucher en plein dans le mille, l'égo du mâle.

Les phrases, mots et ordres les plus puissants concerneront le cocufiage, le fait que vous ayez la liberté d'une sexualité en dehors de lui, que ce soit vrai ou non n'a finalement aucune importance, ce qui touche à ses performances, ses érections qui ne sont pas satisfaisantes au regard de celles de vos amants réels ou fictifs et de vos besoins sexuels, mais aussi tout l'arsenal qui consiste à lui montrer que votre sexe, intimité, vos seins et toutes les parties de votre corps sont votre propriété et accessibles uniquement selon votre bon vouloir et quand vous le déciderez.

Jouez également sur l'absence d'intérêt que vous portez à ses éjaculations, sur le fait qu'un esclave n'en a pas besoin, car cela dessert son efficacité et ses désirs, de plus, vous n'avez pas de temps à perdre avec cela et il doit toujours être prêt et "chargé" pour vous servir sexuellement.

Provoquez-le également en suggérant de penser comme vous : " n'est-ce pas que comme moi tu as compris que tu n'avais pas le droit de souiller ta Maîtresse de ton liquide abject ?", déclenchez des doutes et peurs en garce hautaine : "j'ai réfléchi, pour ta progression, peut être que je t'interdirai définitivement l'éjaculation à partir de l'année prochaine, tu es un bien meilleur soumis quand tu n'as pas éjaculé et dans ce cas tu seras purgé uniquement par milking (le milking est détaillé un peu plus loin)."

Avec un peu d'imagination et de la pratique, vous pourrez détourner n'importe quelle récompense en acte de soumission ou d'humiliation.

Parfois, je n'ai pas envie qu'il se branle devant moi ou si 'ai envie d'être seule ou d'appeler tranquillement une amie, alors je l'envoie avec son pot à sperme dans la pièce d'à côté et à n'en sortir que lorsqu'il aura rempli le pot au niveau du trait que je lui ai indiqué.

A cette occasion, je lui donne une paire de chaussures, bas ou culotte à vénérer pendant qu'il se branle ou lui demande de le faire devant des photos sexy de moi, de mes pieds, chaussures ou tenues de dominante ou tout autre rituel qui vous passera par la tête.

Vous pouvez varier les plaisirs également en le faisant se masturber sur vos pieds, vos chaussures, dans votre main ganté etc et bien entendu en exigeant un nettoyage impeccable.

Autre humiliation particulièrement intéressante que j'ai déjà évoquée et que j'apprécie son sexe étant toujours rasé, c'est l'utilisation d'un feutre "spécial peau" pour écrire des messages au-dessus de son sexe comme "Soumis de Maîtresse Dalia", "Cocu de Maitresse Dalia", "Propriété de ma domina Dalia", etc, avec de tels messages comme je vous le disais, je n'ai pas besoin de cage de chasteté pour contrôler sa fidélité et je vous garantis qu'il n'ira pas exhiber sa queue.

Grâce à la maîtrise de ses éjaculations, masturbations, vous aurez aussi le pouvoir entre vos mains de disposer d'un soumis que vous pourrez modeler à votre guise pour en faire un éjaculateur précoce si vous en avez envie ou à l'inverse un soumis ultra endurant, véritable esclave sexuel à votre disposition permanente.

Les sex-toys

D'autres jeux intéressants sont possibles par l'utilisation d'accessoires sex-toys., je vous livre les quelques accessoires indispensables à posséder pour vous et lui.

Il y a quantité de sex-toys disponibles sur le marché, loin de moi l'idée de vous retranscrire un catalogue complet des modèles, tant il y a un nombre incroyable pour des plaisirs très différents.

Je vous conseille de démarrer votre collection de jouets en choisissant des modèles différents selon vos envies : plaisir clitorien, anal, vaginal…et vous affinerez ensuite, par taille, matière etc.

Au-delà du plaisir que vous pourrez prendre avec eux, faire acheter à votre soumis vos sex-toys envoie un message fort au soumis : « tu ne peux pas satisfaire à tous mes besoins sexuels".

Quand je veux me donner du plaisir, je lui demande de préparer et de me présenter sur un plateau de service ma panoplie de sex-toys, qu'il vient m'apporter à genoux.

Pour davantage d'humiliations, j'ai baptisé chacun de mes sex-toys d'un prénom d'homme qu'il doit connaître par cœur et quand je lui demande : " donne-moi Thierry", il sait exactement quel sex-toy je veux.

Ensuite, sois je lui demande de me préparer en me léchant à l'endroit voulu soit d'utiliser un lubrifiant pour mes jouets.

Je peux l'utiliser en complément pour me caresser le corps ou je l'envoie me lécher les pieds pendant que je prends du plaisir avec mon toy.

S'il l'a mérité, il sera autorisé à me nettoyer pour ensuite nettoyer à l'eau savonneuse les sex-toys utilisés.

<u>Le gode ceinture</u>

Il rappelle que la puissance sexuelle est portée par Madame, c'est un instrument très excitant pour la Dominatrice, qui n'a jamais rêvé d'avoir le sexe d'un homme entre ses jambes, juste pour voir, pour essayer ?

L'humiliation et la soumission qui s'accompagnent sont énormes chez le soumis.

Psychologiquement redoutable, vous pouvez prendre votre soumis quand et comme bon vous semble, à vous d'essayer les meilleures positions.

Vous l'utiliserez tout d'abord comme une punition pour n'importe quoi, une poussière qui traîne sur votre chaussure, une semelle pas assez propre ou encore votre string ou vos bas sur le sol qui n'auront pas été rangés.

Dans un second temps, vous associerez son utilisation non plus à une punition mais une récompense, il prendre goût à être pris par sa Maîtresse et au fil des mois, l'acte lui sera intégré comme faisant partie de la panoplie des formes de plaisir auquel il peut prétendre tout comme la masturbation.

A titre personnel, j'adore la sensation de pouvoir prendre possession de son corps, il y a plein de jeux ou de variantes à inventer autour de çà. Il considère que c'est un cadeau désormais et quand il m'a donné du plaisir, cela peut être une récompense tout comme le droit de me lécher les pieds, bottes ou autre.

Il existe deux grandes catégories de godes ceintures : les « pleins » et « creux », les « creux » permettent au soumis de mettre son sexe à l'intérieur du gode pour honorer sa Maîtresse en rajoutant diamètre et centimètre sans possibilité d'éjaculer alors que les « pleins » sont plutôt pour que vous le preniez-vous même s'il peut être très humiliant qu'il vous prenne avec un gode ceinture parce que son sexe ne vous sert à rien à ce moment précis.

Parfois je lui demande de mettre mon gode ceinture et me faire l'amour avec, puis quand j'ai joui, j'aime le prendre avec ce même gode ceinture qui m'a donné du plaisir, ne vous étonnez pas, il est possible qu'il éjacule parfois pendant que vous le prenez, à punir bien entendu et sévèrement.

Il y a différentes tailles de gode ceinture avec des engins tout à fait impressionnants, allez-y progressivement avec une taille standard et lubrifiez le bien, petit à petit, son cul acceptera des godes de plus en plus gros, cela fait partie de son apprentissage.

Vous pouvez aussi opter pour une ceinture qui autorise des godes de différentes tailles.

Certains sont vibrants. Il existe même des modèles avec kit de moulage qui vous permettent de réaliser un moule de son propre sexe en érection avec lequel vous le sodomiserez ensuite.

Vous verrez qu'il vous sera possible d'aller au-delà quand son cul sera plus détendu par des techniques de fist Fucking que je décris dans le tome 5.

Le gode visage

Un accessoire génial pour humilier votre soumis. Il se fixe sur le visage du soumis, en général au niveau de sa bouche, il lui permet de vous donner du plaisir avec la tête, très humiliant pour lui ou vous pouvez vous asseoir sur le gode fixer sur son visage.

Autres accessoires pour le soumis

Les plugs

S'introduit dans l'anus du soumis pour des durées à votre convenance.

Le cockring

Parce qu'un soumis doit rester sexuellement performant pour satisfaire aux envies de sa Maîtresse, le cockring est un anneau qui se fixe à la base du sexe avant l'érection et permet de la maintenir un peu plus longtemps tout en retardant l'éjaculation.

Les masturbateurs

Sous forme de pompe ou reproduction de vagin, ils permettent de masturber un soumis de manière humiliante, ils existent en version manuelle, mécanique ou même objet connecté à distance.

Les stimulateurs de prostate

Existent également en objet utilisable à la main, électronique ou objet connecté, ils stimulent la prostate du soumis, le fameux point « P » des hommes pour le faire grimper aux rideaux.

Autres accessoires pour la Dominatrice

Une large gamme de sex-toys existe pour vous, à vous de tester les différents types, différentes matières aussi, les prix varient considérablement avec des modèles très jolis et luxueux.

Vous pourrez découvrir les sex-toys vaginal, un des plus répandus et mon préféré est le « Rabbit », pour les clitoriens, les « Wands » sont redoutables et utilisables pour des massages classiques, ils vous envoient au 7ème ciel en quelques minutes ou secondes, enfin vous pourrez tester les toys « Anal », « spécial point G », etc.

Le sperme du soumis

Souvent perçu comme humiliant, ce liquide va vous permettre des dizaines de jeux redoutables pour soumettre votre soumis. Pourquoi ? Parce que les hommes se prennent souvent pour des super héros quand ils ont eu le droit de souiller une femme de leur semence.

Il est grand temps de renverser ces situations à votre profit et quand vous lui montrerez du sperme dans un préservatif qu'il n'a pas produit ou qu'il a produit mais qu'il ne sait pas que c'est le sien, alors je vous garantis qu'il descendra instantanément de son piédestal.

C'est donc de ces jeux, astuces et humiliations que nous abuserons, nous Maîtresses, pour asservir nos maris.

Si comme expliquez dans les niveaux avancés, l'étape ultime est qu'il puisse être capable d'avaler le sperme en toute circonstance et qu'il soit à lui ou nous, le chemin pour arriver à ce stade va être progressif.

Paradoxalement, il serait plus facile de lui faire nettoyer votre sexe après une relation avec un amant qu'après l'avoir laissé jouir en vous.

Tout simplement dans le premier cas, vous dirigez et contrôler son désir, son excitation et sa soumission alors que dans le second cas, son éjaculation fera ressurgir instantanément son égo de mâle qu'il faudra gérer vite ou que vous aurez préalablement réussi à casser.

Il va donc falloir procéder par étape successive en commençant par collecter son sperme lors de ses branlettes et afin de vous constituer un stock.

Fortement excité et frustré, vous pourrez commencer par exemple par en mélanger à son repas pour l'habituer, il ne sentira rien mais l'humiliation sera là, puis vous ne mélangerez plus, ce sera une espèce de vinaigrette pour sa salade, ensuite passer au café, à sa boisson alcoolisée ou non.

L'étape d'après sera toujours de jouer sur son excitation et le fait qu'il ne vous refuse rien pour lui faire goûter disons de manière plus nature : verser des petites quantités qu'il doit rapidement lécher avant qu'elles ne touchent le sol sur vos bottes, chaussures, vos pieds, vos seins, votre sexe et enfin à la petite cuillère en guide de « sirop d'homme ».

Roder à l'absorption de son propre plaisir, vous pourrez facilement passer à l'étape d'après et utiliser son sperme pour lui faire avaler, alors qu'il est toujours excité et frustré en lui faisant croire qu'il appartient à un autre, je détaille ces jeux un peu plus loin dans la rubrique "cocufiage virtuel".

La phase ultime étant qu'il puisse nettoyer immédiatement son propre sperme s'il a été autorisé à éjaculer en vous, que vous lui fassiez lécher ou que vous vous positionnez au-dessus de sa bouche, il doit être capable de tout nettoyer et avaler.

Je ne gâche rien de la semence de mon mari depuis quasi le début de notre relation D/S car ravaler son propre plaisir ou celui d'un autre fictif ou réel reste aussi un des plus puissants moyens d'asseoir votre pouvoir.

Le Milking

Le milking est une technique utilisée par certaines dominatrices pour purger leur soumis sans que cela lui procure de jouissance. On parle aussi de "la traite ".

La technique consiste à masser sa prostate, pour certains soumis il est inutile de toucher et caresser son sexe, pour d'autres, ce sera indispensable.

Vous pouvez soit utiliser un gode spécial prostate, soit introduire un ou deux doigts dans son anus avec ou sans gant, toujours bien lubrifiés et commencer l'exploration à la recherche de sa prostate.

Une fois que vous l'aurez repéré, il vous suffira de la masser d'avant en arrière lentement jusqu'à l'éjaculation.

C'est une opération qui prend généralement de 30 mn à 1 heure en moyenne et vous constaterez qu'il commence à se vider à un certain moment sans aucun orgasme ou très faible et reste donc totalement dans sa frustration initiale.

Vous trouverez plein d'articles « milking » sur les forums de D/S avec des explications très détaillées.

J'utilise assez rarement cette technique, peut-être ne suis-je pas assez experte et comme je n'aime pas perdre mon temps...

Une amie l'utilise très souvent et pratique l'exercice 3 fois par mois, le reste du temps, il n'a quasi rien d'autre, il est donc purgé comme il se doit mais son plaisir il obtient autrement que par une éjaculation furtive.

Une technique aussi pratiquée dans le même esprit est de positionner pendant quelques minutes un sachet de glaçons sur son sexe et ses parties génitales juste avant le massage et jusqu'à ce qu'il commence à se vider, sa frustration en sera encore plus forte.

Cette technique est utilisée par les dominatrices qui imposent généralement le port d'une cage de chasteté quasi plein temps, personnellement, je préfère réduire à très peu que rien du tout, cela accentue la soumission de mon mari, s'il n'avait plus rien, il finirait par oublier, alors que bénéficier de mes faveurs très rarement, il sait que le paradis existe.

Le Tease and Denial (Excité et Frustré)

On l'appelle souvent l'orgasme ruiné, c'est une masturbation par sa Maîtresse dense, intensive. Souvent je la réalise avec une paire de longs gants noirs en cuir ou en latex.

La technique consiste à masturber son soumis et l'amener tout près de l'éjaculation mais de stopper juste à temps.

Cette technique permet d'amener un soumis à un niveau de désir très élevé (très pratique si vous avez besoin de lui de manière ultra efficace dans la foulée) de sa Maîtresse.

Il arrive très fréquemment que des écoulements de sperme, de mini éjaculations se produisent mais sans l'orgasme, d'où le nom d'orgasme ruiné.

Le shoe job et le foot job

Ces techniques de masturbation consistent à masturber pour une humiliation encore plus intense votre soumis avec vos bottes, vos chaussures ou vos pieds.

Son sexe placé entre vos pieds ou chaussures ou encore son sexe plaqué sur le sol, vous effectuez des va et vient, de nombreuses vidéos illustrent ces techniques sur internet.

Le cocufiage

On arrive à ce qui est souvent considéré comme l'étape ultime dans la progression d'un couple dans la domination : le cocufiage et les jeux qui l'accompagnent.

Comme vous vous en doutez, le principe consiste à avoir ou faire croire à votre soumis que vous avez des relations sexuelles non suivies avec d'autres, uniquement pour le sexe.

S'il est considéré comme l'atteinte du Nirvana du pouvoir féminin dans les relations de domination et soumission, c'est bien entendu parce que la sexualité nourrit depuis toujours des tas de fantasmes, drames, blessures, trahisons et j'en passe aux yeux de la religion comme de la communauté.

Il est perçu souvent comme le summum de la complicité, de l'abandon et de la confiance au sein du couple car il est un accord tacite entre le mari et la femme, là où en général, ni l'un ni l'autre vont s'avouer la chose, faisons dans le dos de l'autre.

C'est pourquoi, on ne peut pas comparer une relation d'adultère, souvent assimilée à une trahison quand elle vient à être découverte au cocufiage tel que le pratique les Dominas à un niveau avancé.

Nous sommes dans ce domaine dans le registre avancé de la psychologie et de l'égo.

Une de mes meilleures amies, dominatrice rencontrée lors d'une soirée, pratique le cocufiage depuis dix ans avec son mari, et pourtant, elle ne l'a jamais trompé, elle a toujours pratiqué le cocufiage virtuel, mais lui ne le sait pas et ne le sera jamais.

Ces techniques vous sont développées plus bas.

Comme quoi, c'est bien l'aspect psychologique qui prime avant tout.

L'intérêt de passer à une relation de cocufiage physique n'a d'intérêt que si vous avez envie d'autres expériences ou si vous souhaitez intégrer des tiers dans vos relations sexuelles en présence de votre soumis.

L'art du cocufiage ou le pouvoir absolu de la femme de faire cocu son mari fait donc peur, et comme souvent ce qui fait peur peut aussi rendre la relation très excitante pour vous et rapidement pour lui.

C'est un sujet à la dimension psychologique énorme et tellement interprétable par chaque individu qu'il faut prendre du recul pour se faire sa propre opinion, et surtout il vous faudra un mari prêt à s'abandonner totalement à sa Maîtresse dans un lâche prise absolu.

Le plus important est de respecter la relation au sens où, vos relations réelles ou fictives ne devront pas être cachées à votre soumis.

Vous lui direz ou lui ferez comprendre la situation. Je vous rappelle que nous sommes dans une relation D/S où complicité, respect et amour hors norme règnent par-dessus tout, donc même si ce mode de vie pour être pleinement réussi nous impose une totale liberté sexuelle, le mari cocu doit savoir qu'il s'agit de relations purement sexuelles et non d'un adultère avec potentielle relation suivie qui dès lors où on laisse rentrer les sentiments risque fort de briser le couple.

Un mari soumis doit pouvoir accepter votre liberté sexuelle si vous l'imposez dès le début de la relation D/S parce que vous estimez qu'il est important de ne pas se mettre de limites d'emblée, peu importe quand si et cela se produit à court ou long terme, vous ne devez rien lui cacher même si tout est inventé et scénarisé.

J'estime que mon pouvoir féminin s'est accru dès le début parce que j'avais instauré cette règle de liberté sexuelle avant de jouer, c'était entendu : on ne se fixe pas de limite sinon tout est biaisé et il n'y a ni abandon ni lâcher prise de mon mari.

Ainsi je me suis hissée sur un piédestal rapidement ce qui m'a permis de gravir les échelons très vite, et contre toute attente, ce pouvoir naturel de liberté sexuelle sur lui alors qu'il me devait de son côté une totale fidélité l'a rendu encore plus amoureux de sa Reine et à renforcer notre couple.

J'explique cela par le fait que je l'ai libéré de toute ses craintes et peurs par rapport à la sexualité, oui, je pouvais prendre des amants mais c'est lui que j'aimais, et de fait, toute forme de jalousie ou possessivité ont disparu pour davantage d'amour au sens noble du terme et de complicité.

Un homme pouvant terrasser son égo de la sorte et qui accepte la liberté sexuelle de sa femme ne court pas les rues.

C'est tout le paradoxe, alors qu'un homme lambda n'est pas capable de cela parce que son égo le gouverne, alors qu'un soumis naturel ne sait pas s'opposer, mon mari qui n'est pas soumis sauf avec moi, est capable de choses incroyables, c'est pourquoi à mes yeux, même si je qualifie dans la relation D/S d'esclave, il est pour moi un Homme, un vrai, comme il en existe peu, prêt à tout pour satisfaire sa femme, ses plaisirs, ses caprices.

Si vous suivez mes conseils dès le début, vous aurez une première idée du vrai potentiel de votre apprenti soumis, s'il se dit prêt dès le début à accepter cette liberté sexuelle (personnellement, il n'a pas eu le choix sinon je ne voulais pas démarrer comme je l'ai expliqué) alors vous avez devant vous un boulevard d'activités et plaisirs pour tous les deux.

S'il se veut réticent, ce n'est pas grave, patientez, contentez-vous de dérouler les niveaux les uns après les autres et vous verrez que vous l'amènerez au même résultat, ce sera seulement plus long.

Il y aura bien sûr les irréductibles qui même s'ils disent pouvoir lâche prise ou jouer les super héros n'arriveront pas à passer certains obstacles et vraisemblablement ne dépasseront jamais le niveau 4 ou 5.

Ce n'est déjà pas si mal, il vous faudra seulement l'accepter, même si vous la Dominante, avait encore du potentiel pour évoluer, peut-être qu'il n'en sera pas de même de votre soumis.

La diversité des activités et des missions de domination permet de "s'éclater", de s'amuser dans une intimité et complicité comme on peut difficilement en trouver ailleurs et sans s'ennuyer.

Vous jouirez d'une vie de Reine avec un homme que vous aimerez, qui vous vénérera, vous serez toujours belle, sexy, élégante et raffinée, votre mari travaillera pour vous faciliter financièrement la vie, vous aurez un temps libre et une liberté considérable tout en disposant d'un esclave sexuel...que voulez-vous de plus ?

Le cocufiage peut être le plus et la certitude d'avoir définitivement et à vie votre mari à vos pieds.

Nous sommes tous différents et bien parlons un peu moral et psychologie car c'est-ce qui va conditionner votre cerveau. Certains penseront :

- Si vous êtes influencée par la religion : « je dois fidélité absolue à mon mari"

- Si vous êtes ou avez un mari tendance romantique, tendre... : « mon corps est à moi et c'est à cet homme qui partage ma vie, mes joies, mes peines que je le donne et uniquement à lui"

- Si vous êtes une femme plus ouverte et sexuellement plus libertine : « votre corps n'est ni votre âme, ni votre cœur que vous réservez à votre mari, votre corps est un instrument au service de votre plaisir et vous l'offrez à qui vous le voulez"

- Enfin quand vous serez une dominatrice expérimentée, vous penserez ainsi : « votre corps et sexe symbolisent votre toute puissance sur votre mari, l'équilibre de votre couple, votre complicité , votre liberté absolue, l'essence même de la domination prend ses racines dans l'excitation, le désir, la frustration et le plaisir que prend votre soumis à vous vénérer, il conçoit donc naturellement des besoins importants de sa Maîtresse en la matière et il œuvre et participe à ce que vous soyez satisfaite sexuellement et de fait potentiellement votre cocu."

Donner un délai pour intégrer pleinement le cocufiage est difficile car dépendant du charisme et de la nature autoritaire de la Dominatrice, de la vitesse à laquelle le soumis est rentré dans la relation D/S et avec quel lâcher prise, s'il se soumet ou s'il est plutôt réticent.

L''introduction des jeux de cocu peut se faire très tôt, dès le début, comme je l'ai évoqué, ce peut être un gros accélérateur s'il est capable de l'accepter sous la menace que vous ne voulez pas intégrer une relation D/S dont il positionne déjà des limites, mais s'il se montre encore trop faible pour accepter, patientez et retentez plus tard.

Le plus difficile a accepté pour un soumis non initié ou en phase de dressage est que sa femme puisse donner son corps à un autre, qu'un autre puisse lui procurer du plaisir et qu'un individu lambda parce que beau garçon, jeune, sexy ou attirant puisse obtenir facilement ce qu'il veut, là où lui a très souvent déployé un arsenal de séduction sur plusieurs mois.

Un soumis avancé avec quelques années d'expérience ou un soumis à potentiel, sous-entendu prêt à se surpasser pour sa Maîtresse ne raisonne plus de la sorte, mais plutôt, je veux et je fais tout pour le plaisir de ma maîtresse, son corps lui appartient, elle donne son sexe à qui elle veut, me réserve son cœur, et elle me confie exclusivement à moi des tas de choses précieuses à ses yeux au quotidien : massage, entretien de ses chaussures et dessous, tâches ménagères et mille autres choses rien qu'à moi alors qu'elle pourrait choisir des centaines d'autres soumis à ma place, je suis présent dans sa vie tous les jours, elle me donne de son précieux temps et c'est le plus grand de mes plaisirs".

Là encore, tout est question de perception. Les gens, les choses ne changent pas mais le regard que l'on leur porte, lui peut changer.

Il est d'ailleurs important de lui rappeler très souvent que ce n'est pas les hommes soumis qui manquent mais que c'est lui que vous avez choisi.

Si vous avez suivi mes conseils du tome 1 et qu'il a créé à votre effigie quelques pages sur les réseaux sociaux, il ne peut que constater que des dizaines voire centaines de soumis suivent vos publications de textes, photos etc...

En conclusion, mettre son esclave en position psychologique de cocu soumis et consentent est indéniablement le summum et à ce stade pour qu'il vous vénère au plus haut point.

Je rappellerai encore deux choses avant de vous présenter les deux techniques de cocufiage : virtuel (ou fictif) et réel :

Si vous appliquez mes conseils du tome 2 et lui avez fait acheter une chaîne de cheville, c'est parfait, sinon faites-le, vous sous-estimez probablement le potentiel de ce petit accessoire au demeurant très sexy.

Porter à votre cheville droite, elle indique à des initiés D/S, le signe de votre liberté et pouvoir sexuel sur votre mari soumis, même si c'est devenu moins vrai car c'est un accessoire de mode répandu.

Pour votre soumis, il sait que lorsque vous la portez, il sera potentiellement cocu ce soir.

Certaines dominas accrochent la clé de la cage de chasteté de leur mari à leur chaîne de cheville ou chaîne de cou, d'autres dont le but est d'avoir des relations vont plus loin en accrochant des charmés (petites breloques) à leur chaîne de cheville que vous trouverez sur divers sites pour être encore plus explicites, vous trouvez couramment les charms HW qui signifie Hot Wife ou encore le signe de la reine de Pique avec un Q à l'intérieur qui signifie que la femme est particulièrement ouverte à des relations avec des hommes Black, et plein d'autres, malheureusement quasiment rien en France, vous les trouverez en vente en ligne sur internet.

Le cocufiage virtuel (ou fictif)

Personnellement, la relation physique avec un amant ne m'a pas intéressé tout de suite et j'ai attendu d'avoir pratiqué tous les jeux de cocufiage fictif et une totale acceptation de mon mari, qui était le seul à ne pas savoir que c'était fictif pour aller plus loin ensuite.

C'était mon choix, il n'y a aucune critique à formuler sur telle ou telle pratique dès lors que soumis et maîtresse décident toujours ensemble des limites du jeu et que vous sentez qu'il est prêt.

J'ai opté pour cette solution intermédiaire qui m'a procuré un immense plaisir et un plaisir décuplé.

En fait, je me suis limitée au côté virtuel de la chose, agrémentée de jeux piochés à droite à gauche qui sont redoutables pour plonger mon mari dans une soumission totale.

La peur en matière de sexe est ainsi devenue un puissant aphrodisiaque pour mon soumis.

J'ai dans un premier temps fait en sorte que mon esclave accepte sa position, acquiesce que sa maîtresse a des besoins bien supérieurs aux siens et qu'il reconnaisse de lui-même son incapacité à la satisfaire sexuellement, vous constaterez comme cette étape marque un pas immense dans la relation de soumis à maîtresse, le piédestal sur lequel il vous avait déjà installé quadruple en hauteur.

Une fois, pleinement assimilée, son statut de mari-cocu-soumis-consentent, (vous le ressentirez sans problème), je suis passée à des jeux virtuels dont moi seule connaît la vérité en m'inventant des amants d'un soir que je ne vois que pour le sexe.

Ceux-ci n'existent bien sûr pas, mais mon esclave ne le sait pas (en fait, je pense qu'il sait que je joue mais il est tellement respectueux qu'il n'imagine même pas de savoir si cela est vrai ou non ou de me poser la question), il reste à sa place, par soumission et par un total lâcher prise et abandon à sa Maîtresse.

Ensuite, là où le jeu devient intéressant, c'est dans les situations que je créées, comme expliqué plus haut, je recueille de temps à autre son sperme que j'utilise à bon escient dans mes jeux de cocu.

Voici quelques situations que je créé pour le conforter dans son rôle de cocu :

- Si je sors faire une course ou si je sors avec mes amies, je peux lui demander de me préparer, de m'habiller avec des dessous sexy, d'être "aux pieds" pendant que je me maquille, de passer un dernier coup sur mes chaussures, il doit veiller à ce que sa Maîtresse soit belle et désirable en tout temps.,

- Je peux m'habiller également sexy pour aller au travail et lui demander de m'ajuster un bas ou un porte jarretelles tout en ne manquant pas d'ajouter quand il me déshabille à mon retour : » faut pas que je mette cette tenue trop souvent, car c'était une quasi-émeute au travail autour de moi »,

- Toujours lors d'une sortie, je peux lui demander de m'attendre à genoux à un endroit ou de faire des tâches ménagères en pensant à moi, m'attendre derrière la porte, etc…

- Quand je rentre, je simule de temps en temps le fait d'être éreintée, je lui demande de me faire couler un bain, ou un bain de pieds et massage de pieds,

- Je l'appelle aussi parfois pour venir me déshabiller pour qu'il constate que je n'ai plus de culotte et lui demander d'aller la récupérer dans mon sac à main,

- à mon retour d'une sortie entre amies, je lui demande de venir me nettoyer mon sexe devant et derrière, en profondeur pour vérifier s'il y a ou non des restes de mon amant,

- Sous les draps, je peux le caresser et lui raconter ma rencontre avec un bel étalon (fictif) qui m'a dragué, voire lui donner des détails croustillants,

- Son sperme recueillit lors des purges et milking est aussi très précieux pour les jeux du cocu, quelques utilisations ci-dessous qui ont un effet dévastateur :

    o Vous sortez de votre sac votre culotte imprégnée de son propre sperme (sous-entendu c'est bien sûr celui de votre amant) que vous aurez préalablement imbibé en toute discrétion pour lui faire nettoyer et lécher en guise de récompense,

    o Vous lui ramenez un petit cadeau, un préservatif remplit comme il se doit du sperme de votre mari (enfin amant fictif),

    o Enfin, mon petit préféré car ça le laisse sans voix, vous vous arrangez pour enduire discrètement votre sexe, voire plus, de son sperme, (astuce : j'utilise une petite pipette seringue qu'on trouve en pharmacie) pour lui ordonner un nettoyage en profondeur et en bonne forme ou alors vous le faites allonger sur le sol et pour vous vider au-dessus de sa bouche.

Vous voyez les possibilités sont innombrables avec un amant (même virtuel). Vous imaginez qu'en acceptant tout ceci, mon mari me voue une adoration sans limite et sa soumission est à son apogée.

J'ai eu peur au début que ce jeu entache notre relation, ce sont de multiples prises de référence auprès de dominas en soirée puis de longues discussions avec trois ou quatre autres devenues de vraies amies qui m'ont incité à sauter le pas du cocufiage virtuel, car effectivement ce qui me semblait inacceptable pour mon mari n'a pas du tout était un problème, il a surmonté son égo et sa jalousie pour le plaisir de sa femme, notre complicité s'est d'autant plus renforcée à ce moment précis.

<u>Le cocufiage réel</u>

Si nous considérons que le cocufiage pourrait devenir à partir de maintenant réel, par conséquent, mes conseils sont les suivants :

- Vous aurez des relations sexuelles non suivies d'un seul soir (sauf cas d'un Escort boy détaillé plus loin),

- Tout comme lorsque vous vous inventez des amants en cocufiage virtuel et que vous faites croire que vous avez eu une relation, il faudra ici aussi en avertir le partenaire, c'est une question de respect et de complicité,

- Vous n'échangerez jamais de téléphone et ne reverrez pas le partenaire, affichez la couleur, vous êtes en couple et aimez votre mari, vous n'êtes pas intéressée par une relation suivie mais uniquement une relation d'un soir,

- Vous choisirez aussi un partenaire discret et non exubérant, pour ne pas vous retrouver demain en compagnie de votre mari dans ce même bar et qu'un type se vante devant ses copains d'avoir baisé sa femme,

- Vos rapports seront protégés ou « validés » par une prise de sang.

Avant d'illustrer comment vous pourrez jouir au sens propre et figuré du cocufiage réel, je me dois de vous mettre en garde et la meilleure façon de le faire est de vous raconter l'aventure ou plutôt mésaventure d'une amie à moi, Dominante de longue date.

Tout commence par une fin de soirée dans un bar, des regards qui se croisent puis un beau jeune homme musclé, sexy qui discute autour d'un verre et mon amie sous le charme décide de se laisser séduire…

Sauf, qu'il vous faut garder à l'esprit que vous ne connaissez pas du tout la personne, derrière l'aspect esthétique, sensuel et ses muscles apparents se cachent la personnalité d'un l'individu.

Sachez que vous pouvez parfois avoir à faire à des mecs lourds, voire un peu psychopathe sur les bords, qui peuvent tomber amoureux bien qu'ils disent le contraire, peuvent vous suivre, plein de ruses pour vous retrouver chez vous, au travail, par les réseaux sociaux c'est très facile, qui peuvent être menaçants, contactez votre mari, etc… c'est ce qui est arrivé à mon amie qui a connu un véritable cauchemar alors que la relation semblait à la base très claire dès le début de la soirée, on s'amuse, on baise et bye bye…

Mais un homme très amoureux fait n'importe quoi, après avoir retrouvé son identité sur les réseaux sociaux, il a contacté anonymement son employeur puis son mari en leur envoyant des photos prises discrètement dans la soirée, ne supportant pas de ne pas la revoir.

Elle a dû avoir recours à la police pour mettre fin à cette histoire, et bien que son mari fût parfaitement dressé et accepté la liberté sexuelle de sa femme depuis des années, il s'est senti trahi dans leur complicité lors de ce malheureux épisode et elle s'en est beaucoup voulu.

Heureusement qu'elle avait le tact et la confiance en elle d'une Domina de niveau 10, que lui aussi était un soumis de niveau 10 car elle aurait pu voir son couple s'écroulait alors qu'ils étaient dans ce mode de vie et avaient évolué ensemble depuis dix ans et qu'elle n'en était pas à sa première relation extraconjugale.

Un soumis vous accorde sa confiance absolue, il s'abandonne à vous, vous vous devez de ne pas le décevoir et devez être irréprochable.

Pour faire face à cet événement, elle avait la possibilité de mettre fin à dix ans de complicité et cesser la relation D/S, mais elle savait que leur vie deviendrait fade, leur complicité s'amenuiserait comme tous les couples.

Elle pouvait décider de supprimer le cocufiage de leur relation et retomber dans les premiers niveaux de la Domination sexuelle, quelque chose d'inacceptable pour elle, comme pour toutes les Dominas qui ont une vie de niveau 10, et comment réagirait-il devant sa Déesse qui descend brusquement de 8 étages de son piédestal, rapidement, il ne la respecterait plus.

Alors mon amie, avec toute son assurance et sa majestueuse grandeur n'a pas perdu la face, elle a convoqué son soumis, à genoux, à ses pieds et lui à présenter brièvement ses excuses ainsi : « Cet événement fâcheux m'a blessé tout autant que toi, j'en suis responsable et je te présente mes excuses. ».

Ce à quoi elle a rajouté, contre attente de son mari, qui pour en avoir reparlé avec elle plus tard, s'attendait aussi à un arrêt de la relation D/S ou de son cocufiage : « Afin que cela ne se reproduise plus, j'ai décidé que tu seras présent de près ou de loin, mais jamais très loin, lors de mes relations sexuelles afin de pouvoir intervenir et garantir ma sécurité.

Je te transfère donc cette responsabilité de veiller à ce que mes ébats sexuels se passent sans problème. » Elle a tendu son index vers ses pieds et son mari a longuement baiser ses pieds en guise de remerciement.

Rares sont les dominas comme mon amie qui auraient géré la situation avec tant d'aplomb, s'excuser brièvement, pour se replacer encore à un niveau supérieur après une situation aussi délicate, c'est l'art que développe au fil des années une Dominante de niveau 10.

A partir de ce moment-là, ses relations se sont déroulées toujours en présence de son soumis privilégiant les relations en club échangiste, les relations chez des amies professionnelles dominatrice afin d'utiliser sexuellement leurs soumis, avec des escorts boy ou lors de personnes croisées en soirée à qui elle expliquait la situation, qu'elle était une dominatrice et que son mari serait dans la pièce d'à côté, loin d'être évident dans ce cas de figure, les hommes sont bien moins ouverts qu'ils ne le disent.

Pour ma part, mon amie étant un peu une sorte de mentor pour moi sur le plan de la domination sexuelle, sans le dire à mon mari, j'ai opté pour ce mode de fonctionnement : le cocu virtuel est devenu ma norme lorsque je sors entre copines, le cocu réel uniquement avec des Escort boys, des soumis d'amies dominatrices ou en club échangiste.

Un professionnel Escort présente beaucoup d'avantages, déjà, il est expérimenté sur le plan sexuel, bien que tous ne se valent pas, c'est une acceptation facile car le soumis sait que c'est uniquement sexuel et qu'il n'y a aucun risque de sentiments amoureux, je peux choisir avec l'aide de mon mari sur catalogue de jeunes et beaux étalons, je suis la cliente et je décide du scénario avec mon Escort, la plupart accepte tous mes scénarios que ce soit en présence de mon mari passif ou actif.

D'autre part si sexuellement, vous vous éclatez avec un Escort en particulier, la relation peut être suivie contrairement à une rencontre dans un bar, elle s'arrête quand je veux, sans problème, enfin cerise sur le gâteau et humiliation supplémentaire forte, mon soumis va payer mon Escort pour qu'il me baise et je le fais participer et m'aider à mes sélections de profil.

Passif ou actif, mon mari m'accompagne donc lorsque je rencontre des amants réels, vous pourrez piocher au gré de vos envies, les jeux possibles dans ce domaine, le niveau 8 est un début de première approche avec des tiers, le niveau 9 traite des jeux possibles avec un mari cocu passif et le niveau 10 signe l'aboutissement de la domination sexuelle avec un cocu plus qu'actif.

L'après consentement et la transformation du soumis

Voilà, il a accepté votre liberté sexuelle et le fait d'être cocu même si vous n'êtes jamais passée à l'acte.

Par cette décision unilatérale de sa Maîtresse, c'est un signe de soumission totale et de complicité ultime que vous offre votre mari, quand dans le même temps, lui reste fidèle à sa Maîtresse, la garce sexuelle qui sommeille en nous s'est réveillées.

L'intention et son acceptation par le soumis suffiront souvent à l'amener dans votre "cercle intime", le fameux sous espace (subspace) pour neutraliser toute émotion de jalousie alors prenez votre temps pour passer du fictif au réel.

Certaines dominatrices iront avec les années plus loin après avoir intégré le cocufiage réel en interdisant toute pénétration du soumis pour se réserver à leurs amants, sûrement la soumission la plus extrême et l'abandon le plus élevé demandé à un soumis quand le corps de sa femme lui devient inaccessible, je crois que c'est l'évolution de la Femme Dominante qui souhaite s'élever au rang de Déesse vénérée intouchable. Une étape que je ne franchirai sûrement un jour que si je sens que nos évolutions viennent à stagner.

Les niveaux de progression

Vous verrez que ces niveaux sont progressifs et nécessitent d'essayer de les faire selon le schéma suivant : vous pouvez piochez d'abord dans les 3 premiers niveaux, puis les 3 suivants, puis les 2 suivants.

Vous arriverez alors au maximum réalisable en ayant intégré votre liberté sexuelle et le cocufiage virtuel, ce qui vous amènera déjà au Niveau 8 sans même avoir passé à l'acte, le niveau 9 intègre des relations sexuelles réelles avec votre mari passif et enfin le niveau 10 avec mari actif.

Niveau 1

1. Il est capable de se vider devant vous en moins d'1 heure.

2. Vous avez compris que votre contrôle sexuel et son désir va très vite le rendre soumis.

3. Il dort nu pour être à votre portée à tout instant.

4. Vous avez interdit toute masturbation dissimulée ou non désirée par vous.

5. Vous lui avez fait vous offrir le meilleur toy vaginal du marché : le Rabbit.

6. Vous lui faites mettre quand vous le souhaitez un cockring pour prolonge l'érection.

7. Vous lui faites acheter des huiles de massage érotique.

8. Pour minimiser l'intérêt de ses éjaculations, vous employez les verbes : « purger, vidanger ou vider ».

9. Vous lui demandez de rechercher pour vous des images de Domina sexy classe, au bureau, en dessous féminin et en femme fatale pour vous inspirer et créer votre propre style.

10. Vous savez le subjuguer par votre attitude et vos tenues.

Niveau 2

1. Il est capable de se vider devant vous en moins de 45 mn.

2. Vous lui faites avouer que vos besoins sexuels sont 100 fois supérieurs aux siens.

3. Vous avez défini ses premiers droits en matière de sexualité, milites et autorisations.

4. Il frappe à la porte de la chambre ou de la salle de bains pour s'assurer que vous êtes dans la tenue adéquate.

5. Vous l'utilisez en objet sexuel pour vos besoins, demandez ce que vous voulez quand vous voulez. Vous lui apprenez comment vous voulez qu'il vous fasse jouir.

6. Vous reprenez le contrôle même si vous l'autorisez à pratiquer des positions où vous êtes soumise ou si vous voulez qu'il vous domine.

7. Vous lui demandez de vérifier si vos bas sont symétriques avant de partir au travail pour lui montrer la tenue sexy et les dessous

que vous portez.

8. Vous l'autorisez à dormir avec vos dessous, bas et collants portés dans la journée.

9. Vous l'autorisez à vous faire l'amour en voiture.

10. Vous l'envoyez acheter des bas ou collants sexy avec les références exactes pour votre prochaine sortie.

Niveau 3

1. Il est capable de se vider devant vous en moins de 30 mn.

2. Il n'est plus autorisé à vous regarder nue sans autorisation.

3. Vous l'autorisez à rester langue pendante entre vos jambes à 2/3 cm de votre sexe pendant que vous faites tout autre chose.

4. Vous lui avez fait vous offrir le meilleur toy clitorien du marché : le magic wand.

5. Il vous apporte votre collection de sex-toys sur un plateau pour que vous puissiez faire votre choix.

6. Vous lui avez fait accepter oralement que votre position de Dominante vous autorise à prendre des amants et de faire cocu votre mari et vous avez intégré des amants et relations virtuels dans votre relation pour le soumettre dans des jeux de cocufiage virtuel.

7. Vous lui avez fait acheter une chaîne de cheville que vous portez à droite pour marquer votre liberté sexuelle et position de dominante quand vous sortez avec ou sans lui.

8. Il vous apporte et se tient à genoux avec un plateau où reposent vos dessous bas et talons pendant que vous vous préparez à sortir pour rejoindre vos amies.

9. Il est capable d'avaler son sperme mélangé à des aliments.

10. Vous récompensez un orgasme qu'il vous a donné par des faveurs autre que sexuels.

<u>Niveau 4</u>

1. Il est capable de se vider devant vous en moins de 20 mn.

2. Vous lui faites porter temporairement ou de manière permanente une ceinture de chasteté dont vous détenez la clé.

3. Il éjacule en sa Maîtresse seulement avec sa permission.

4. Vous lui faites porter un plug de temps à autre quand vous sortez ou quand il va au travail.

5. Négliger de porter une culotte ou lui laisser en partant lorsque vous sortez.

6. Vous pouvez demander à votre cocu de vous lécher pour vous préparer pour votre rdv fictif.

7. Vous utilisez la cage de chasteté quand bon vous semble.

8. Il est capable d'avaler son sperme avec des boissons chaudes, froides, alcoolisés ou non.

9. Vous lui faites-vous acheter régulièrement de la lingerie sexy.

10. Vous lui avez fait acheter un gode visage pour vous satisfaire, c'est très humiliant pour lui qu'un gode vous donne du plaisir et lui n'utilise que sa tête.

Niveau 5

1. Il est capable de se vider devant vous en moins de 15 mn.

2. Vous avez exploré son cul de différentes manières avec différents plugs et lui apprenez à jouir de plus en plus souvent de cette manière.

3. Lui demander de vous acheter des préservatifs et d'en mettre dans votre sac.

4. Rentrer de temps à autre avec votre culotte dans le sac à main et lui demander de la laver.

5. Après être rentrée d'une sortie vous lui demandez de vous nettoyer sexe et anus pour semer le trouble dans son esprit.

6. Faites-lui récupérer dans votre sac à main un préservatif préalablement rempli de son sperme à lui (recueilli lors de masturbations) pour lui faire jeter à la poubelle.

7. Faites-le se masturber et éjaculer sur vos pieds ou vos bottes et faites-lui tout nettoyer.

8. Vider le contenu d'un préservatif préalablement rempli de son propre sperme (sans lui dire qu'il s'agit su sien) sur vos bottes, vos chaussures, vos pieds et faites-lui nettoyer.

9. Vous lui demandez de vous lécher ou faire l'amour n'importe où en extérieur : toilettes d'un restaurant, rue sombre, hall d'entrée...

10. Vous avez nommé vos sex toys par des prénoms masculins qu'il doit apprendre pour vous fournir à la demande le bon jouet.

Niveau 6

1. Il est capable de se vider devant vous en moins de 10 mn.

2. Il éjacule en sa Maîtresse qu'à quelques dates clés dans l'année.

3. Il est capable de vous nettoyer immédiatement après avoir éjaculé.

4. Son sexe étant devenu inutile aux yeux de la maîtresse, il vous faut accentuer cet effet, pour cela le gode ceinture est indispensable et aura un effet dévastateur sur sa soumission, usez et abusez de cet ustensile pour lui apprendre de nouveaux plaisirs.

5. Il se présente devant vous le sexe toujours correctement épilé.

6. Vous inscrivez des messages au-dessus de son sexe « propriété de Maîtresse Dalia », « Cocu de Maîtresse Dalia » ou « Esclave de Dalia » ou tout autre message.

7. Imbiber discrètement votre culotte dans votre sac à main de son sperme et faites-lui lécher et nettoyer.

8. Ses droits à masturbation suivis d'éjaculation sont très réglementés.

9. Vos doigts mouillés de vos sécrétions sont devenus une vraie drogue pour lui dont il raffole.

10. Vous le masturbez avec un masturbateur manuel ou électrique.

Niveau 7

1. Il est capable de se vider devant vous en moins de 5 mn.

2. Vous vous videz au-dessus de sa bouche après l'avoir laissé éjaculer en vous.

3. Vous l'emmenez en club échangiste, tous les deux totalement passif.

4. Vider directement le contenu du préservatif négligemment laissé dans votre sac à main dans sa bouche en guise de cadeau de sa Maitresse.

5. Vous l'obligez à regarder des vidéos de cocufiage pour imprégner son cerveau, compléter éventuellement avec des vidéo d'hypnosis femdom sur le même thème.

6. Sous les draps, à votre retour de sortie, vous le caressez en lui racontant une rencontre ou une drague fictive avec des détails sur des caresses, sensations etc.

7. Vous lui demandez régulièrement de vous lire des histoires de D/S pendant que vous vous masturbez.

8. Demander lui de se mettre à l'écart temporairement en soirée pour qu'il voit et observe comme les hommes vous désirent.

9. Vous pouvez le faire éjaculer avec vos chaussures (technique de « shoejob »).

10. La simple vue de votre sexe le rend fou de désir et prêt à tout quand vous l'obligez à vous regarder vous masturber.

Niveau 8

1. Il est capable de se vider devant vous en moins de 3 mn.

2. Il n'éjacule plus en sa Maîtresse sauf sur autorisation et à condition de ravaler immédiatement son plaisir.

3. Vous l'emmenez en club échangiste et vous vous limitez à du flirt et caresses sans pénétration, lui passif.

4. Vous savez pratiquer le milking.

5. Votre soumis est chargé de rechercher et vous présenter des escorts quand vous le souhaitez pour des rendez-vous fictifs à ce stade.

6. Vous lui montrez comment sucer dans un glory hole en club.

7. Injecter son sperme recueilli lors de branlettes avec une seringue dans votre sexe discrètement quand vous rentrez et faites-le nettoyer sans lui dire qu'il s'agit de son propre sperme.

8. Vous l'avez déjà humilié sexuellement avec un autre soumis (recruté ou d'une amie ou d'une dominatrice professionnelle).

9. Il obéit à votre ordre de sucer des queues dans le glory hole.

10. Vous lui avez enseigner de ne plus jamais toucher votre intimité sans votre permission.

<u>Niveau 9</u>

1. Il est capable de se vider devant vous en moins de 2 mn.

2. Vous le faites cocu consentent mais passif, vous pouvez prendre un escort boy, un amant d'un soir ou encore utiliser un autre soumis.

3. Vous pouvez demander à votre cocu de vous lécher pour vous préparer pour votre rdv.

4. Vous mettez votre téléphone sur hautparleur pour que votre soumis puisse entendre vos ébats sexuels.

5. Vous pouvez demander à votre cocu de vous accompagner à votre rdv et de vous attendre dans la voiture (lui laisser votre culotte à lécher avant de partir) ou encore de simuler ce rendez-vous en rejoignant des amies.

6. Vous demandez à votre cocu d'être caché dans une pièce voisine et uniquement d'écouter.

7. Vous demandez à votre cocu de vous nettoyer quand votre amant est parti.

8. Vous demandez à votre cocu de vous lécher les pieds ou les chaussures pendant que vous baisez ou la main que vous lui tendez pendant l'acte.

9. Vous demandez à votre cocu de vous préparer devant votre amant et l'envoyer dans un coin pour regarder (plus facile avec un escort qu'un individu lambda).

10. Vous utilisez le soumis d'une amie ou d'une professionnelle dominatrice en esclave sexuel devant votre soumis.

Niveau 10

1. Il est capable de se vider devant vous en moins de 1 mn.

2. Vous demandez à votre cocu d'enfiler le préservatif à votre amant.

3. Vous demandez à votre cocu de remercier votre amant d'avoir baisé sa femme.

4. Vous demandez à votre cocu de guider et d'introduire le sexe de votre amant dans vos orifices.

5. Vous demandez à votre cocu de vous préparer tous les deux et de sucer aussi votre amant.

6. Vous demandez à votre cocu de participer pendant l'acte et de vous lécher là où vous le désirez.

7. Vous demandez à votre cocu de vous nettoyer tous les deux.

8. Vous demandez à votre cocu de considérer votre amant comme son maître et lui obéir.

9. Vous demandez à votre amant de sodomiser votre cocu devant vous.

10. Vous demandez à votre cocu de faire une pipe à son maître.

Printed in France by Amazon
Brétigny-sur-Orge, FR